TIME
FOR KIDS

Visita a una
BASE
de la
MARINA

Marcia K. Russell

Asesor

Timothy Rasinski, Ph.D.
Kent State University

Créditos

Dona Herweck Rice, *Gerente de redacción*
Robin Erickson, *Directora de diseño y producción*
Lee Aucoin, *Directora creativa*
Conni Medina, M.A.Ed., *Directora editorial*
Ericka Paz, *Editora asistente*
Stephanie Reid, *Editora de fotos*
Rachelle Cracchiolo, M.S.Ed., *Editora comercial*

Créditos de las imágenes

Cover & p.1 Cpl. Kristin E. Moreno/U.S. Marines; p.4: US Marines; p.5 US Marines; p.6 US Marines; p.6 Drue T. Overby/Shutterstock; p.7 US Marines; p.8 top: US Marines; p.8 bottom: US Marines; p.9 US Marines; p.10 top: Richard Herring/Shutterstock; p.10 bottom: Dmitry Molev/iStockphoto; p.11 top: Library of Congress; p.11 bottom: US Marines; p.12 top and bottom: US Marines; p.13 top: US Marines; p.13 bottom: Drue T. Overby/Shutterstock; p.14 left: Christian Science Monitor/Getty; p.14 right: JustASC/Shutterstock; p.15 top: JustASC /Shutterstock; p.15 bottom: US Marines; p.16 US Marines; p.17 top: Todd Headington/ iStockphoto; p.17 bottom: US Marines; p.18 left: US Marines; p.18 right: Arunas Gabalis/Shutterstock; p.19 top: o44/ZUMA Press/Newscom; p.19 bottom: AFP/Getty Images/Newscom; p.20 top: US Marines; p.20 bottom left: n50/ZUMA Press/Newscom; p.20 bottom right: US Marines; p.21 n33/ZUMA Press/ Newscom; p.22 top: trubach/Shutterstock; p.22 bottom left: JustASC /Shutterstock; p.22 bottom right: Debra Millet/Dreamstime; p.23 Dean Kerr/Shutterstock; back cover US Marines

La visión expresada por las partes que se nombran en este libro no refleja necesariamente la visión oficial o las políticas del Cuerpo de Marines de los Estados Unidos.

Queremos expresar nuestro agradecimiento a la familia Allnutt por su servicio a nuestro país y a Getchen Allnutt, Logan Allnutt y Hollyn Allnutt por su ayuda en la creación de este libro.

Basado en los escritos de *TIME For Kids*.

TIME For Kids y el logotipo de *TIME For Kids* son marcas registradas de TIME Inc. Usado bajo licencia.

Teacher Created Materials

5301 Oceanus Drive
Huntington Beach, CA 92649-1030
http://www.tcmpub.com

ISBN 978-1-4333-4436-7

© 2012 Teacher Created Materials, Inc.

Tabla de contenido

Una base de la Marina

Los marines viven, trabajan, hacen compras y van a la escuela dentro de la base.

¡Bienvenidos al **Campamento Lejeune**! Es una de las bases militares más grandes del país.

¡En esta base viven y trabajan
más de 157,000 personas!

Las tarjetas de identificación se usan para identificar a los marines y a sus familias. Sin una tarjeta de identificación no puedes comprar en las tiendas que hay en la base, ni usar los servicios para la salud ni para el cuidado de los niños.

Necesitas una tarjeta de identificación para visitar una base. Una persona controla la tarjeta en la puerta principal.

El **almacén militar** es un mercado en donde los marines compran comida. El **Post Exchange (PX)** es como los centros comerciales que hay en la mayoría de las ciudades. Allí los marines pueden comprar ropa.

Una base de la Marina tiene tiendas, bancos y lugares donde comer.

Algunos **marines** viven en la base con sus familias. ¡La base también tiene parques en donde los niños pueden jugar!

El Campamento Lejeune
tiene escuelas para los niños
que viven en la base.

Los marines en el trabajo

Los marines guardan sus cosas en una caja llamada un **cajón**. Lo guardan en el piso, al pie de sus camas.

Los nuevos marines viven en edificios llamados **barracones**. Los barracones tienen muchas literas. Muchos marines duermen en los barracones.

"SPIRIT OF 1917"

JOIN THE U. S. MARINES
AT
113 EAST BALTIMORE ST., BALTIMORE

Antes de que existieran la Internet y la televisión, el Cuerpo de Marines usaba pósteres para reclutar a nuevos marines.

Los marines trabajan duro.
Hacen diferentes tareas.

Un Osprey puede despegar como un helicóptero y volar como un avión.

Algunos marines son pilotos. Cerca del Campamento Lejeune, los pilotos vuelan en una aeronave especial llamada *Osprey* (*ásprei*), que en inglés significa águila pescadora.

Otros marines son oficiales de policía, llamados **Policías Militares (PP. MM.)**.

Algunos marines están en la banda de música del Cuerpo de Marines.

Otros marines trabajan en oficinas. Para mantenernos seguros, se necesitan muchos marines haciendo diferentes tareas.

Algunas veces, los marines protegen a los Estados Unidos. Otras veces, ayudan a la gente en diferentes lugares del mundo.

Los marines deben hacer
ejercicio todos los días.
Necesitan mantenerse en
forma, fuertes y saludables.

¡Sus cerebros también
deben mantenerse en forma!
Los marines toman clases para
aprender nuevas habilidades.

Trabajar lejos

Algunas veces, los marines trabajan lejos de casa. Viajan para ayudar a la gente después de una fuerte tormenta o de un terremoto, o para pelear en una guerra.

Cuando se encuentran lejos, los marines se mantienen en contacto con sus familias. Escriben cartas, envían correos electrónicos o hablan por teléfono. Muchas familias envían paquetes con comida y suministros a sus seres queridos.

Los marines extrañan a
sus familias. ¡Adoran volver
a casa! Cuando regresan,
sus familiares les dan un
gran recibimiento.

Siempre leales

Los marines tienen muchas tareas diferentes, pero siempre trabajan juntos para protegerse los unos a los otros y a la gente de todo el mundo.

"*Semper Fidelis*" es el lema
de los marines. Significa
"siempre leales." Toman este
lema con mucha seriedad.

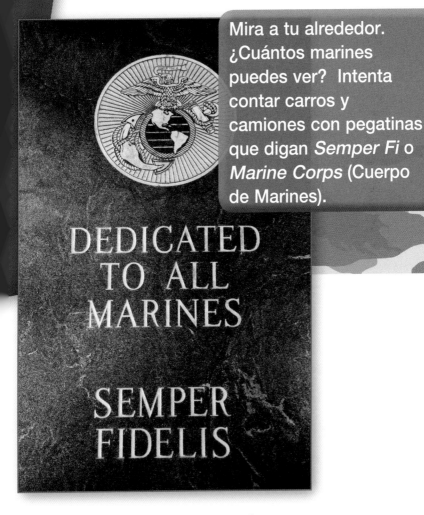

Mira a tu alrededor. ¿Cuántos marines puedes ver? Intenta contar carros y camiones con pegatinas que digan *Semper Fi* o *Marine Corps* (Cuerpo de Marines).

DEDICATED
TO ALL
MARINES

SEMPER
FIDELIS

Los marines saben que su trabajo es ser leales los unos a los otros, a las tareas que llevan a cabo y a su país.

Glosario

almacén militar—el supermercado de una base de la Marina

barracón—un edificio en donde viven juntos muchos marines

cajón—una gran caja de madera que los marines usan para guardar cosas

Campamento Lejeune—una base de la Marina en Carolina del Norte

marines—la gente que protege nuestro país en barcos, en aviones o en tierra

Policía Militar (PM)—los oficiales de la policía militar

Post Exchange (PX)—la tienda en donde los marines pueden comprar ropa y otras cosas.